L'Ombre du vent

FichesdeLecture.com

L'Ombre du vent
(Fiche de lecture)

I. INTRODUCTION

L'ombre du vent de Carlos Ruiz Zafon, est paru dans sa langue originale, l'espagnol en 2001 sous le titre *La sombra del viento*. L'écriture originale parfaitement maîtrisée par son auteur, l'intrigue mêlant l'écriture et la vie des personnages, a été un véritable succès international : traduit en trente-six langues différentes, ce best-seller (plus de dix-millions d'exemplaires vendus) a reçu de très nombreux prix littéraires à travers le monde. Carlos Ruiz Zafon, catalan né en 1964, vit aujourd'hui à Los Angeles où il se consacre à sa passion, l'écriture. Ses deux derniers romans, *l'ombre du vent* et *le jeu de l'ange* se situent dans la ville de Barcelone qu'il semble parfaitement connaître.

II. RÉSUMÉ DE L'ŒUVRE

Un jour d'automne 1945, un modeste libraire de Barcelone emmène son fils Daniel dans un lieu secret : le cimetière des livres oubliés. Là, le jeune garçon se plie à une tradition ancestrale. Il s'agit de choisir parmi les milliers d'ouvrages un livre dont il prendra soin, qu'il aimera et défendra toute sa vie. Le choix de Daniel se porte sur *l'ombre du vent* de Julian Carax. C'est pour lui une évidence : ce livre l'attend depuis des années.

Après avoir dévoré le livre, Daniel souhaite en apprendre plus sur son auteur. Son père l'emmène chez Gustavo Barcelo, un riche collectionneur. Barcelo est impressionné et propose d'acheter l'ouvrage pour une somme très importante. Daniel, conscient de la mission confiée par son père, refuse. Barcelo est séduit par l'entêtement du garçon. Il décide de lui présenter sa nièce Clara qui en sait un peu plus sur Julian Carax. La jeune femme est éblouissante. Bien qu'elle soit aveugle et de dix ans son aînée, Daniel tombe immédiatement sous le charme. Clara lui raconte ce qu'elle sait de Carax. Un véritable mystère semble entourer l'auteur. Originaire de Barcelone, il a vécu des années à Paris. Il écrit des romans extraordinaires mais n'est pas reconnu. Ses textes sont très difficiles à trouver, et une rumeur court comme quoi un homme rachète toutes les œuvres de Carax pour les faire disparaître. Après cet après-midi, Julian revient régulièrement chez Clara pour lui faire la lecture. Les visites se font de plus en plus fréquentes, et au fil du temps, Daniel perd même tout contact avec son meilleur ami, Tomas Aguilar. Daniel offre *l'ombre du vent* à Clara, ce qui blesse terriblement M. Sempere.

Le jour de ses seize ans, Daniel invite Clara et sa famille pour fêter son anniversaire. Mais le soir, seule la bonne est présente. Le jeune homme prend conscience que son amour pour Clara est à sens unique. Il s'enfuit pour se changer les idées. Dans l'ombre, un homme terrifiant l'aborde et lui propose d'acheter *l'ombre du vent*. Il semble tout connaître de lui et de ses habitudes. Daniel prétexte avoir vendu l'ouvrage au maître de piano de Clara, un homme qu'il ne supporte pas. Puis il s'enfuit chez Clara, persuadée que sa belle est en danger en possession du livre. Il l'y surprend au lit avec son professeur de musique. Ce dernier, excédé, tabasse Daniel et l'expédie dehors. Choqué, blessé dans son amour propre, mal en point, Daniel est tout de même fier d'avoir réussi à récupérer l'ouvrage. Après quelques instants passés avec le clochard du quartier, il s'enfuit au cimetière des livres oubliés pour y cacher le livre. Le maître des lieux Isaac lui raconte comment sa fille est venue un jour mettre ce même livre en lieu sûr, après qu'un individu ait brûlé la maison d'édition où elle travaillait. Quand Daniel rentre chez lui, il trouve le cadeau d'anniversaire de son père : un stylo-plume hors de prix ayant appartenu à Victor Hugo et qu'il admire en vitrine depuis des années.

Pour pallier à un surcroît de travail à la librairie, M. Sempere engage sur conseil de son fils le clochard Fermin Romero de Torres. Il est on ne peut plus ravi et fait un travail formidable. Un jour, Daniel trouve sur le comptoir de la boutique une photo d'une chapellerie « Antoni Fortuny et fils ». Or Daniel sait par Isaac que Fortuny est le nom du père de Carax.

Daniel se rend à la chapellerie Fortuny. La concierge lui apprend que Julian Carax est parti en 1918 ou 1919 à Paris pour échapper au service militaire, et qu'il y est mort au bout d'un an selon les dires de son père. Il ne serait d'ailleurs pas le fils légitime du chapelier. Dans le logement,

Daniel découvre de nombreux crucifix, une photo et une lettre d'amour de Pénélope Aldaya. Nuria Montfort, la fille d'Isaac, raconte à Daniel la fin de Julian en 1936 à Barcelone, et comment Lais Coubert est venu réclamer les livres de Carax avant de brûler la librairie. Continuant leur enquête, Fermin et Daniel rencontrent Fernando, un ami d'enfance de Julian, qui leur raconte l'époque où Julian était au collège et comment il a été recueilli par la famille Aldaya. Selon lui, leur ami d'enfance Javier est devenu le terrible inspecteur Fumero. Fernando est persuadé que c'est lui qui recueille et brûle les ouvrages de Julian : il a déjà tenté de le tuer car il était lui aussi amoureux de Pénélope. Bea la sœur de Tomas, emmène Daniel dans la maison des Aldaya réputée pour être hantée. Daniel et Fermin rencontrent l'ancienne nourrice de Pénélope. Elle leur raconte comment elle l'a élevé comme sa fille. Elle a protégé en secret son amour pour Julian, mais ils ont été surpris en train de faire l'amour par le père de Pénélope la veille où ils pensaient s'enfuir à Paris. M. Aldaya hors de lui a chassé Julian et la nourrice, et a enfermé Pénélope. Depuis, elle n'a plus jamais eu de ses nouvelles. Daniel et Bea se retrouvent à l'Ange de Brume. Surpris pendant leurs ébats, ils inspectent la maison terrorisés. Ils découvrent un passage vers la cave, où ils découvrent la tombe de Pénélope et sont chassés par la voix de Lain Coubert, l'homme au visage brûlé. Après ce soir là, Daniel n'a plus aucune nouvelle de Bea. Nuria est assassinée et Fermin accusé du meurtre par l'inspecteur Fumero. Mais l'ancien SDF est introuvable. Un homme de main de Fumero qui semble vouloir du bien à Daniel lui transmet un message de Nuria. Daniel se rend à la maison de la jeune femme, où l'attend Isaac pour lui remettre une longue lettre de sa fille.

Le récit de Nuria éclaire tous les points d'ombre. La mère de Julian, Sophie Carax était enceinte de Ricardo Aldaya. Ce dernier souhaitait qu'elle avorte pour ne pas ternir sa réputation, mais elle refuse. Des années plus tard, M. Aldaya veut connaître son fils et lui offrir les mêmes chances qu'à ses enfants. Leurs relations sont excellentes, mais il est furieux quand il découvre l'amour de ses enfants l'un pour l'autre. Pénélope meurt en accouchant de l'enfant de Julian, et Mme Aldaya meurt de chagrin. M. Aldaya et son fils partent en Argentine. Avant de se suicider, Ricardo Aldaya fait promettre à son fils de tuer Julian. José rentre en Espagne des années plus tard, prêt à se venger de Julian. Fumero se sert de lui pour rapatrier Julian en Espagne et le tuer de ses propres mains. À Barcelone,

Julian découvre les tombes de Pénélope et de leur enfant. Désespéré, il brûle tous ses livres et tente de mourir dans l'établi en feu. Sauvé des flammes dans un état critique et défiguré à vie, il vit en reclus chez Nuria et se met en quête de tous ses ouvrages pour les faire disparaître. Un jour, il apprend qu'un exemplaire de *l'ombre du vent* existe encore, et se met à suivre Daniel de près.

Ce récit est l'histoire commune de Julian et de Daniel. Le jeune homme craint que Bea, comme Pénélope, ne soit morte. Il se rend chez les Aguilar. Bea est enceinte et a disparu depuis deux jours. Tomas tabasse son ancien meilleur ami. Recueillis par Fermin en mauvais état, ils se rendent ensemble à l'Ange de brume où ils trouvent Bea et Julian Carax. Fumero les y rejoint et tue Daniel d'une balle, avant d'être tué à son tour par Carax.

À l'hôpital, Daniel entrouvre les yeux et voit Julian. Il lui offre son stylo-plume. Une fois vraiment réveillé, personne ne le croit, mais le stylo-plume a disparu. Une fois tout à fait remis, Daniel et Bea se marient et reprennent la librairie de M. Sempere. Dix ans ont passé. Daniel emmène son fils au cimetière des livres oubliés. Il reçoit des nouvelles de Julian.

III. ANALYSE DES PERSONNAGES PRINCIPAUX

Daniel Sempere

Le héros de l'histoire, dont on suit les aventures de ses dix à ses vingt ans. Le jeune homme est un être assez terne et solitaire, passionné de littérature tout comme son père qu'il assiste à la librairie. Marqué par la mort de sa mère quand il avait quatre ans, il oublie son visage le jour où il trouve l'ombre du vent. Dès lors, sa vie tourne autour de ce roman passionnant. En voulant en découvrir l'auteur, il se retrouve malgré lui embarqué dans une sombre histoire. Entêté, il mène une enquête acharnée afin d'en découvrir le dénouement. Il faut dire que l'histoire de Julian Carax est intrinsèquement mêlée à la sienne et qu'il ne sera libre qu'une fois ayant résolu cette affaire. Du côté de ses relations amicales, il est profondément attaché à Fermin à qui il se confie souvent, a perdu presque tout contact avec son meilleur ami Tomas Aguilar en sortant avec sa sœur Bea, et est le seul ami de Nuria selon le récit de cette dernière.

M. Sempere

Le libraire est une pointure dans son domaine, apprécié pour son amour des livres et sa bonté envers ses contemporains : il engage un clochard, recueille un ami horloger méprisé pour son homosexualité etc.

Fermin Romero de Torres

Fermin est le personnage le plus coloré du roman. Ancien des services de renseignements, il a été perdu pendant la guerre et a un sombre passé (torture, exil, avant de rentrer en Espagne comme SDF). Une imagination débordante, un penchant pour les jolies filles, un débit de paroles impressionnant et une reconnaissance éternelle pour les Sempere qui l'ont sauvé de la rue en font un personnage attachant et drôle. Il tombe profondément amoureux de Bernarda, la bonne de Gustavo Barcelo, qui le lui rend bien. Il est une aide précieuse pour l'enquête.

Javier Fumero

L'inspecteur à la réputation terrible est un personnage odieux dont la présence menaçante plane sur Daniel et Fermin tout au long du roman. Ancien camarade de classe de Julian, Fernando et Miquel, il a appris les échecs avec Miquel et applique la théorie de la mante religieuse dans ses enquêtes : patience et attaque subite. Violent, grossier, il a de nombreux meurtres sur la conscience et vend ses services au plus offrant. Il a été chargé par Ricardo Aldaya de tuer Julian Carax et c'est le seul échec de sa carrière. Il déteste son ancien camarade de classe pour sa relation amoureuse avec Pénélope qu'il aime de tout son cœur. Méprisant les faibles et les homosexuels, il a une aversion particulière pour Fermin à qui il a déjà eu affaire par le passé. Fermin a d'ailleurs une peur viscérale de l'inspecteur.

Miquel Moliner

Le meilleur ami de Julian a tenté de le protéger et d'assurer son départ pour Paris. Il est l'un des seuls à connaître son adresse. Marié à Nuria Montfort, très malade, il se sacrifie pour Julian lorsque de retour sur Barcelone, ils se font surprendre par les hommes de Fumero.

Ricardo Aldaya

Homme d'affaires puissant et extrêmement riche, Ricardo Aldaya est aussi le père de Pénélope, José et Julian. Déçu par le fils qu'il élève, il espère de Julian qu'il prenne sa relève. Il assassine sa fille en la laissant sans secours pendant son accouchement.

Julian Carax/Lain Coubert

Julian est le personnage autour de qui tout le roman tourne, dont on apprend toute la vie au fur et mesure et qu'on ne découvre réellement qu'à la toute fin du livre. Jeune homme intelligent, il séduit Ricardo Aldaya qui décide de lui financer ses études. Julian joue le jeu mais ne poursuit qu'un but : être le plus souvent possible auprès de Pénélope Aldaya dont il est follement amoureux. Parti seul à Paris, il attend avec une patience infinie les retrouvailles avec sa belle dont il ignore la mort et la relation de sang qui les unit. Son désespoir à la découverte de la tombe de Pénélope est sans fin, il souhaite mourir et faire disparaître les ouvrages qu'il a écrits à Paris, ouvrages si futiles qui portent son nom et lui rappellent son malheur. Sauvé des flammes contre son gré, il n'a de cesse de brûler ses propres livres et prend l'identité de Lain Coubert, le diable dans son roman l'ombre du vent. Aveuglé par sa rage et son amour pour Pénélope, il ne rendra jamais à Nuria Montfort les sentiments qu'elle éprouve pour lui et les sacrifices qu'elle fait pour être à ses côtés et le soigner.

IV. ANALYSE DE L'ŒUVRE : OÙ LA LITTÉRATURE ET LA VIE SE MÊLENT ET S'EMMÊLENT

Une ode à la littérature

Le récit extrêmement bien construit de Carlos Ruiz Zafon mêle intrinsèquement la vie et la littérature. Il laisse supposer que la vie est entièrement influencée par les livres que nous lisons et que ces livres peuvent modifier tout son court. Zafon donne une puissance infinie aux livres dans *l'ombre du vent*, et signe là une véritable ode à la littérature.

De tout l'ouvrage, il n'est en effet question que de littérature, depuis le prologue dans lequel Daniel doit choisir un livre au cimetière des livres oubliés, jusqu'à l'épilogue dans lequel Daniel y emmène son propre fils, en passant par le métier des personnages principaux (libraires, collectionneurs, auteurs) ou par la lecture faite à Clara qui scelle le lien entre la jeune fille et Daniel. Julian Carax, une fois mort dans l'âme, décide de prendre l'identité d'un de ses personnages et de lui donner vie de cette manière.

L'âme des livres et l'âme humaine

Les livres semblent avoir une âme. Ainsi, le cimetière des livres oubliés est un lieu magique, une sorte de bibliothèque immense, dans lequel se trouvent des livres oubliés du grand public afin qu'ils ne disparaissent jamais tout à fait. Chaque personne qui se rend au cimetière des livres oubliés pour la première fois a le droit de choisir un livre, et devra le défendre toute sa vie contre l'oubli. Il semble que ce ne soit pas vraiment la personne qui choisisse, mais que le livre et le lecteur se reconnaissent, comme si le livre attendait son lecteur précis pendant des années. Avec le cimetière des livres oubliés, Zafon exprime l'idée que des êtres et des livres sont faits pour se rencontrer, comme Daniel avec *l'ombre du vent*. Daniel se battra pour ce livre afin d'en savoir plus sur lui et son auteur. Au fur et à mesure du récit, on comprend pourquoi le choix de Daniel s'est porté sur ce livre : sa vie est intimement liée à celle de son auteur. Deux autres éléments confirment l'idée que l'âme des gens et des livres sont liés : la vie entière de Nuria n'est découverte qu'à travers un récit une fois morte, et Julian Carax tente de détruire toute trace de son ancienne vie en détruisant ses romans.

Daniel et Julian : deux personnages construits en parallèle

Daniel s'est senti attiré par *l'ombre du vent* comme si le livre l'attendait depuis toujours, et l'on comprend donc pourquoi petit à petit. Sa vie est étrangement similaire à celle de Julian Carax, au point que l'on ne sait plus toujours bien si l'on parle de Julian ou de Daniel. Leur milieu modeste, leur aide dans la boutique paternelle, leur amour impossible, leur départ forcé au service militaire esquivé, leur fréquentation des mêmes personnes (Nuria Montfort, Javier Fumero…), et surtout, leur destin lié : tout semble les rapprocher. Alors que Julian tente de disparaître définitivement en brûlant ses œuvres, Daniel se débat pour le faire revivre à travers son œuvre. Il consacre dix ans de son temps à rechercher inlassablement des informations sur Carax, n'hésitant pas pour cela à mettre sa propre vie en danger. Il est le seul à pouvoir libérer Carax et lui-même de la malédiction et des griffes de Fumero : il lui faut pour cela échapper à son destin et ne pas faire les mêmes erreurs que son idole.

Un tableau historique de Barcelone

L'histoire de *l'ombre du vent* se passe entre 1945 et 1955 à Barcelone. L'auteur donne une description de la ville et des tensions qui s'y trouvent qui ancre profondément le récit dans son époque. La ville et ses habitants sont encore marqués par les souvenirs de la guerre civile espagnole. Régulièrement, les personnages s'y réfèrent, rappelant les combats, les souffrances et la famine qui sévirent alors. Mais ce sont surtout les emprisonnements, les injustices et la torture qui reviennent dans les propos de Fermin et de Fumero, les ayant tous les deux marqués dans leur âme et leur corps, bien que de manière totalement opposée. La guerre mondiale et le régime autoritaire de Franco sont également évoqués, bien que de manière plus discrète. On ressent tout de même les tensions évidentes entre les personnages des camps opposés. Barcelone n'a pas encore son aura actuelle. Elle est décrite comme une ville sombre, triste et marquée par son passé.

Un roman policier aux allures de fantastique

L'ombre du vent présente une enquête policière rondement menée par Daniel Sempere, et comprend des éléments essentiels aux bons romans du genre : suspens, disparitions, menaces, meurtres. Le héros mène un combat permanent pour faire éclater la vérité sur la disparition de Julian Carax et se débarrasser du lien qui les unit pour qu'il puisse enfin vivre sa propre vie. Tout semble mener à la mort du jeune libraire, qui parvient avec audace et chance à échapper à son destin, dans lequel lui et Julian mourraient de la main de l'inspecteur Fumero.

Toutefois, certains aspects appartenant au genre fantastique se mêlent à l'intrigue policière. Ainsi, le cimetière des livres oubliés est présenté comme un lieu magique, un peu hors du temps, dont les livres choisissent leurs lecteurs. Le lien et le destin qui unissent Julian et Daniel ne trouvent pas d'explication rationnelle, c'est comme si Daniel vivait à rebours la même histoire que l'auteur tant admiré. La disparition du stylo-plume de Daniel à la fin de l'histoire alors que Julian Carax n'a pas pu pénétrer dans la chambre d'hôpital est également un fait surprenant et incompréhensible. Enfin, la sombre et mystique histoire de la maison des Aldaya, l'ange de brume, renforce l'esprit fantastique du roman. Ce mélange des genres, allié au rôle central de la littérature, font de *l'ombre du vent* un roman à part.

Dans la même collection en numérique

Les Misérables
Le messager d'Athènes
Candide
L'Etranger
Rhinocéros
Antigone
Le père Goriot
La Peste
Balzac et la petite tailleuse chinoise
Le Roi Arthur
L'Avare
Pierre et Jean
L'Homme qui a séduit le soleil
Alcools
L'Affaire Caïus
La gloire de mon père
L'Ordinatueur
Le médecin malgré lui
La rivière à l'envers - Tomek
Le Journal d'Anne Frank
Le monde perdu
Le royaume de Kensuké
Un Sac De Billes
Baby-sitter blues
Le fantôme de maître Guillemin
Trois contes
Kamo, l'agence Babel
Le Garçon en pyjama rayé
Les Contemplations

Escadrille 80

Inconnu à cette adresse

La controverse de Valladolid

Les Vilains petits canards

Une partie de campagne

Cahier d'un retour au pays natal

Dora Bruder

L'Enfant et la rivière

Moderato Cantabile

Alice au pays des merveilles

Le faucon déniché

Une vie

Chronique des Indiens Guayaki

Je voudrais que quelqu'un m'attende quelque part

La nuit de Valognes

Œdipe

Disparition Programmée

Education européenne

L'auberge rouge

L'Illiade

Le voyage de Monsieur Perrichon

Lucrèce Borgia

Paul et Virginie

Ursule Mirouët

Discours sur les fondements de l'inégalité

L'adversaire

La petite Fadette

La prochaine fois

Le blé en herbe

Le Mystère de la Chambre Jaune

Les Hauts des Hurlevent

Les perses

Mondo et autres histoires

Vingt mille lieues sous les mers

99 francs

Arria Marcella

Chante Luna

Emile, ou de l'éducation
Histoires extraordinaires
L'homme invisible
La bibliothécaire
La cicatrice
La croix des pauvres
La fille du capitaine
Le Crime de l'Orient-Express
Le Faucon malté
Le hussard sur le toit
Le Livre dont vous êtes la victime
Les cinq écus de Bretagne
No pasarán, le jeu
Quand j'avais cinq ans je m'ai tué
Si tu veux être mon amie
Tristan et Iseult
Une bouteille dans la mer de Gaza
Cent ans de solitude
Contes à l'envers
Contes et nouvelles en vers
Dalva
Jean de Florette
L'homme qui voulait être heureux
L'île mystérieuse
La Dame aux camélias
La petite sirène
La planète des singes
La Religieuse
1984 A l'Ouest rien de nouveau
Aliocha
Andromaque
Au bonheur des dames
Bel ami
Bérénice
Caligula
Cannibale
Carmen

Chronique d'une mort annoncée
Contes des frères Grimm
Cyrano de Bergerac
Des souris et des hommes
Deux ans de vacances
Dom Juan
Electre
En attendant Godot
Enfance
Eugénie Grandet
Fahrenheit 451
Fin de partie
Frankenstein
Gargantua
Germinal
Hamlet
Horace
Huis Clos
Jacques le fataliste
Jane Eyre
Knock
L'homme qui rit
La Bête humaine
La Cantatrice Chauve
La chartreuse de Parme
La cousine Bette
La Curée
La Farce de Maitre Pathelin
La ferme des animaux
La guerre de Troie n'aura pas lieu
La leçon
La Machine Infernale
La métamorphose
La mort du roi Tsongor
La nuit des temps
La nuit du renard
La Parure

La peau de chagrin
La Petite Fille de Monsieur Linh
La Photo qui tue
La Plage d'Ostende
La princesse de Clèves
La promesse de l'aube
La Vénus d'Ille
La vie devant soi
L'alchimiste
L'Amant
L'Ami retrouvé
L'appel de la forêt
L'assassin habite au 21
L'assommoir
L'attentat
L'attrape-coeurs
Le Bal
Le Barbier de Séville
Le Bourgeois Gentilhomme
Le Capitaine Fracasse
Le chat noir
Le chien des Baskerville
Le Cid
Le Colonel Chabert
Le Comte de Monte-Cristo
Le dernier jour d'un condamné
Le diable au corps
Le Grand Meaulnes
Le Grand Troupeau
Le Horla
Le jeu de l'amour et du hasard
Le Joueur d'échecs
Le Lion
Le liseur
Le malade imaginaire
Le Mariage de Figaro
Le meilleur des mondes

Le Monde comme il va
Le Parfum
Le Passeur
Le Petit Prince
Le pianiste
Le Prince
Le Roman de la momie
Le Roman de Renart
Le Rouge et le Noir
Le Soleil des Scortas
Le Tartuffe
Le vieux qui lisait des romans d'amour
L'Ecole des Femmes
L'Ecume Des Jours
Les Bonnes
Les Caprices de Marianne
Les cerfs-volants de Kaboul
Les contes de la Bécasse
Les dix petits nègres
Les femmes savantes
Les fourberies de Scapin
Les Justes
Les Lettres Persanes
Les liaisons dangereuses
Les Métamorphoses
Les Mouches
Les Trois mousquetaires
L'étrange cas du Dr Jekyll et de Mr Hyde
L'Ile Au Trésor
L'île des esclaves
L'illusion comique
L'Ingénu
L'Odyssée
L'Ombre du vent
Lorenzaccio
Madame Bovary
Manon Lescaut

Micromégas

Mon ami Frédéric

Mon bel oranger

Nana

Ne tirez pas sur l'oiseau moqueur

Notre-Dame de Paris

Oliver twist

On ne badine pas avec l'amour

Oscar et la dame rose

Pantagruel

Le Misanthrope

Perceval ou le conte du Graal

Phèdre

Ravage

Roméo et Juliette

Ruy Blas

Sa Majesté des Mouches

Si c'est un homme

Stupeur et tremblements

Supplément au voyage de Bougainville

Tanguy

Thérèse Desqueyroux

Thérèse Raquin

Ubu Roi

Un Barrage contre le Pacifique

Un long dimanche de fiançailles

Un secret

Vendredi ou la vie sauvage

Vipère au poing

Voyage au bout de la nuit

Voyage au centre de la terre

Yvain ou le Chevalier au lion

Zadig

À propos de la collection

La série FichesdeLecture.com offre des contenus éducatifs aux étudiants et aux professeurs tels que : des résumés, des analyses littéraires, des questionnaires et des commentaires sur la littérature moderne et classique. Nos documents sont prévus comme des compléments à la lecture des oeuvres originales et aide les étudiants à comprendre la littérature.

Fondé en 2001, notre site FichesdeLectures.com s'est développé très rapidement et propose désormais plus de 2500 documents directement téléchargeables en ligne, devenant ainsi le premier site d'analyses littéraires en ligne de langue française.

FichesdeLecture est partenaire du Ministère de l'Education du Luxembourg depuis 2009.

Plus d'informations sur www.fichesdelecture.com

ISBN: 978-2-511-02891-9

Notes :